魔兔傳說SOS ②

利倚恩 著

月光怪客的陰謀

岑卓華 繪

利倚恩的話

你試過倒立嗎？

我記得第一次倒立是在中一的體育堂，我和同學二人一組，靠着牆壁練習。我用雙手撐着地面，同學幫我把雙腳抬起來，第一次看到倒轉的世界，本來平平無奇的風景，竟然變得如此有趣。

我們可以用不同角度看風景，那麼換另一個角度思考事情，結果會怎樣呢？我發現主觀和偏見會蒙蔽眼睛，容易引起溝通的誤解。

在故事裏，宇軒總是把「我覺得」掛在嘴邊，而他的「覺得」都是負面的，事實真的是他所想的那樣嗎？

在魔法世界經歷過大冒險後，宇軒回到人類世界，再一次面對同學和家人，他會有什麼轉變呢？

我們都希望有人樂意聽自己說話，有人願意理解內心的壓力、擔憂和創傷。希望這個故事給你面對困難的勇氣，正在面對的難處，可能有意想不到的解決方法。

月落之國的魔法兔和貓大王也遇到難題，宇軒已經出發了，你也想和他們一起去冒險嗎？來吧，伸出你的手，打開魔法之門……

人類世界流傳着一個都市傳說——
在成年之前，每人都有一次機會，
來到名叫「**月落之國**」的奇幻國度。
在那裏，有一間「魔兔便利店」，
人類可以在店裏找到解決煩惱的方法。

「叮咚！」店門打開了。
「歡迎光臨！」
誰是今天的幸運顧客？

魔兔便利店成員

不動大師【伊索魔法兔】

店長 **年齡不詳，安哥拉兔**

魔法能力：高級
可以隨意召喚《伊索寓言》的角色。有智慧，懶惰，不消耗無謂的體力。

芝絲露【食物魔法兔】

廚師 **12 歲，道奇兔**

魔法能力：初級
可以用食物製作魔法藥，動物和人類服用後，會獲得相關能力。好奇心重，愛幻想，時常出現腦內小劇場，最愛吃芝士。

芭妮【氣象魔法兔】

店員 **13 歲，垂耳兔**

魔法能力：中級
可以控制自然現象，隨時呼風喚雨。外表嬌小柔弱，其實身手敏捷，行動力強；不喜歡魔法，如非必要不會使用。

白公子【植物魔法兔】

店員 **13 歲，海棠兔**

魔法能力：中級
可以控制植物的活動和形態。風度翩翩，有王子氣質但自戀；自稱大偵探，但推理能力值是「零」。

貓王便利店成員

貓大王【三色貓】

店長 不肯透露年齡

膽小，沒耐性，態度高傲，卻十分重視身邊人，經常和不動大師鬥嘴。

我為什麼要告訴你？

目錄

第①章 隱形人

用來買圖書的錢不見了，**班裏有小偷！**

今天，學校室內操場有書展，同學們都帶現金回校買圖書。

每次舉辦書展，小息和午膳的室內操場都擠滿同學，小五的宇軒特地提早上學，避開擁擠的人羣，一個人安靜地在書展選購圖書。

宇軒買了喜歡的偵探小說，**獨自坐在花園**的盡頭閱讀。這裏**遠離操場和樓梯**，不會有同學過來。

「喵！」一隻三色貓從花槽走出來，坐在宇軒腳邊舔毛。牠是校長養的貓，不用困在籠子裏，可以在校園到處去。**牠和宇軒一樣**，不喜歡人多的地方。

「**貓大王**，早晨！」宇軒摸校貓的

頭和下巴，牠瞇起眼睛，露出舒服的表情。貓大王天生一張不可一世的臉，喜歡被人摸，卻討厭被人抱。宇軒很想抱着牠，聞牠的肚子，可惜總是被牠掙脫。

宇軒放下偵探小説，拿出筆記簿和顏色筆，繪畫貓大王舔毛的樣子。他自言自語地説：「真是**很羨慕你**，人見人愛，人人都喜歡你。」

宇軒有一個大五歲的哥哥，是名校的優異生，成績好，運動好，口才好，人緣好，他**自問及不上哥哥**。爸媽當然看得出兩個兒子的差異，經常有意無意拿兩兄弟比較，有時普通的閒話家常，聽在宇軒耳裏全是刺耳的尖叫。

哥哥叫智勇，他的確人如其名，**智勇雙全**。宇軒呢？媽媽的偶像是人氣藝人程宇軒，用偶像的名字為兒子命名，只是把兒子當作觸不及的偶像代替品吧！

宇軒很害羞，少說話，沒有人願意接近他，以致一直交不到朋友。無論在家裏或學校，他都覺得沒有人重視自己。

走樓梯上課室時，前面的嘉雯興奮地說：「碼頭有程宇軒的廣告板，星期六補習後，我們去拍照好嗎？」

「好啊！我有程宇軒的紙扇，一定要帶去合照。」凱盈說。

「好想見到真人啊！如果班裏有男生叫宇軒就好啦！」

這兩個女生是宇軒的同班同學，卻不知道宇軒的存在，他暗自在心裏歎氣，自己果然是隱形人。

回到課室，鄰座的志傑說：「我昨天玩了很久也過不了第五關。」

「我也是，第五關很難，不知道有什麼

秘技呢？」卓偉說。

宇軒也有玩他們談論的網上遊戲，知道過關的方法，他稍微靠前，小聲說：「我……」

志傑望向宇軒，宇軒**心頭一怯**，垂頭盯着桌面。他正想說下去時，志傑回頭繼續跟卓偉聊天。宇軒很難受，每次都是這樣，沒有人願意聽他說話。

突然，子俊大叫：「**我的買書錢不見了！**」他慌張得臉色發青，把書包裏的東西統統倒在課桌上。

「你帶了多少錢回來？會不會夾在課本裏？」嘉雯問。

「我帶了二百元，**錢當然是放在銀包裏**。」子俊打開布製銀包，裏面只有一張二十元紙幣。雖然銀包有點舊，但至少沒有破洞。

同學們圍着子俊的課桌，在雜亂的物品中尋找失蹤的二百元。

「你的筆記簿很髒，黏糊糊的。」凱盈一臉厭惡。

「筆袋裏有**很多餅乾碎屑**。」嘉雯倒出筆袋的文具，檢查有沒有暗格。

同學們找遍課桌所有東西，搜索課室每個角落，都找不到二百元。

「會不會留在家裏，沒有帶回來？」志傑問。

「我肯定帶了二百元回來啊！」子俊着急了，眼眶泛紅。

「會不會掉在街上或廁所？」

「銀包一直放在書包裏，我剛才把書包放在桌上，從廁所回來後才拿銀包出來。」

「這樣的話，即是班裏**有人偷走你的錢**，犯人就在我們當中。」卓偉伸出手指橫掃全班同學，語氣和姿勢都十足大偵探。

「不會吧？班裏有小偷？」嘉雯難以置信。

同學們開始起哄，用懷疑的眼神溜過每一個人，三五成羣地討論誰是小偷。

「你昨天跟子俊吵架，一定是你不服氣，存心報復。」

「你經常搗亂被老師罰，這次也是你做的吧！」

「你說過想買新模型，但爸媽不肯買，又不加零用錢，一定是你偷錢！」

「你也說過不夠錢買漫畫，你才是小偷！」

「上次啟峰的遊戲卡不見了，結果在你的書包裏找到，你的嫌疑最大！」

「你不要含血噴人！」志傑為了證明自己的清白，倒出書包裏的東西，怒吼：「你們來檢查呀！」

「你們不要吵……」宇軒的聲音太小，

完全被爭吵聲覆蓋，**沒有人聽到**。

雖然這一班算不上非常團結，有幾個同學特別頑皮，但是宇軒認為他們**不至於會偷錢**。

衝突源於找不到二百元，只要找到遺失的買書錢，就能平息所有紛爭。既然錢不在課室裏，就一定在外面某個地方。

宇軒凝視着課室門，幻想自己穿上福爾摩斯的招牌服裝，拿着放大鏡到處尋找，終於在小食部附近隱蔽的角落，找到子俊的二百元……

「你們不要冤枉我！」嘉雯激動得漲紅了臉，流下冤屈的淚水。

宇軒從幻想中返回現實世界，他明白**喜歡閱讀偵探小說**，不代表具有偵探頭腦，他不是福爾摩斯、金田一或柯南，不可能輕易破案。

為什麼班主任還不上來？再吵下去，全班同學都會成為敵人。宇軒不敢獨自找班主任，可以怎麼辦？對了，只要打開課室門，讓爭吵聲傳到外面，就會有老師過來，制止這場紛爭，找到遺失的買書錢。

於是，宇軒悄悄地走出座位，輕力打開課室門，一陣烤蘋果批的香味迎面飄來，走廊竟然變成食品倉庫。

第②章 海上的奇遇

宇軒來到一個昏暗狹窄的房間，被放滿食物的貨架包圍，他吃了一驚：「**這是什麼地方？**」他想返回課室，一轉身便撞到貨架，一盒盒零食「乒乒乓乓」掉下來。

宇軒蹲下去拾起地上的零食，一道光線從後面射進來，他回過頭，門外出現一張熟識的臉，他十分愕然：「**貓大王？**」

「沒錯，我就是貓大王。原來有人類來到，還以為有小偷。」

「你會說話？」

「當然，我不是啞巴。」

眼前的貓大王用兩腳站立，還穿了衣服。如果不是有貓耳朵，會誤以為是人類。宇軒伸手摸貓大王的頭，貓大王瞇起眼睛，露出舒服的表情。

「你真的是貓。」

貓大王撥開宇軒的手，粗聲說：「**我不是人類的寵物！**你下來！」

宇軒走出房間，才知道出口是車尾門，屬於一台兔子造型的小型貨車。為什麼課室門會變成車尾門？

「你來了**月落之國的彩虹鎮**，這是魔兔便利車，旁邊是我的貓大王便利車，我們正在坐渡輪去**風車島市集**做生意。你不是第一個來這裏的人類，他們逗留一段時間後，都會主動要求回家。」

宇軒目不轉睛地盯着貓大王，有一件事比來到魔法世界更加震驚，他忍不住問：「**你有沒有去過人類世界？**」

「沒有。」

「你有沒有哥哥弟弟住在人類世界？」

「沒有。你問來做什麼？」

「我認識一隻和你**長得一模一樣的貓**。」

「那是冒牌貨，貓大王是獨一無二的，全宇宙只得一隻。月落之國只有兔子會使用魔法，你去甲板找他們吧！」

宇軒在書裏看過魔法兔的都市傳說，一直以為只是創作出來的故事，沒想到**竟然是真的**，而最令他驚喜的是這裏還有貓咪。

他從下層停車庫，沿着樓梯走上甲板，天空明亮澄澈，舒爽的海風輕輕吹拂。

芝絲露臉色蒼白，摀着嘴巴，挨着欄杆坐在地上。

「你暈船嗎？是不是想吐？」芭妮問。

三隻橡子精靈拿着膠袋，放在芝絲露面前，她想吐卻吐不出來。橡子精靈是鬼火山的守護精靈，他們不會說話，同伴之間靠心靈感應溝通。自從下山後，他們失去魔法能力，整天跟着芝絲露。

橡子精靈喜歡吃糖果，芝絲露於是根據他們嗜甜的程度，分別叫他們做**少糖、半糖和微糖**。

「我第一次坐船，很暈，很辛苦！」

「我沒試過暈船，怎麼辦？」白公子來回踱步。

暈船把三隻兔子弄得暈頭轉向，沒留意宇軒來到身邊，他說：「你們可以……」

芭妮和白公子望着宇軒，他膽怯得垂下頭，不敢說下去。過了一會，宇軒稍微抬起眼睛，芭妮和白公子**仍然盯着他**。

「你想說什麼？」白公子問。

「內關穴……」宇軒低聲說。

芭妮和白公子湊前來，耳朵幾乎貼着宇軒的嘴巴。

「上次學校旅行，嘉雯暈船，李老師幫她按內關穴。」

「內關穴在哪裏？**不如你幫芝士兔按啦！**」芭妮説。

宇軒跪在地上，提起芝絲露的手掌，用拇指按壓內手腕中央五秒後放開，再重複按壓。持續按壓三十秒後，芝絲露恢復精神，跳起來説：「我沒事啦！」

「好快！」宇軒記得李老師幫嘉雯按穴位，至少要五分鐘，魔法兔的體質果真跟人類不同。

「他是不是暈船？」宇軒指着橫臥在地上的不動大師。

「店長只是懶得動，有平地就會躺下來，他的兔生座右銘是『不消耗無謂的體力』。」芭妮説。

大家自我介紹後，芝絲露從魔兔車取出

一份甜品，給宇軒試吃她的新創作。黑色餅皮凹凸不平，金黃色餡料都流出來了，好像**火山爆發、山泥傾瀉**似的。

「這是『熔岩蘋果批』，餅皮加了黑芝麻粉，創作靈感來自附近的『鬼火山』，充滿彩虹鎮的特色。造型很可愛，對不對？」芝絲露自信滿滿地說。

「自從你來到店裏後，我開始質疑可愛的定義。」白公子攤開手掌說。

「好香！」宇軒在車裏就是聞到這種香味。

「你不覺得它很醜嗎？」芭妮問。

「我覺得**很有創意、很有趣**。」宇軒把蘋果批放入口中：「好吃！」

「只有你懂得欣賞我，我們一定會成為好朋友。」芝絲露熱情地握住宇軒的手，宇軒羞紅了臉，不知道怎樣反應。第一次，**有人說要跟自己做朋友**，他既高興又緊張，心臟快要跳出來。

就在這時，船艙裏的輕音樂停止播放，引擎聲也大為降低。船員們舉起一塊木牌，在乘客之間穿梭，木牌寫着：「由現在開始，請所有乘客返回船艙，**保持安靜，謝謝合作！**」

「今天為什麼提早出來？」白公子截住其中一位船員，問：「發生什麼事？」

船員知道一定有乘客詢問，遞上預先準備的字條：「渡輪的滅音加速器發生故障，無法使用。我們會用其他方法航行，駛離危險海域。」

魔法兔們的臉色瞬間下沉，在心中暗叫不妙，通常在必須安靜的時候，偏偏會有人吵吵鬧鬧。

「踏踏踏……」

樓梯傳來急促的腳步聲，貓大王走到甲

板上，大吼：「大懶兔，你要睡到什麼時候？」

話音剛落，「轟」的一聲，渡輪在海中心煞停，許多人站不穩摔在地上。

芝絲露扶着欄杆站起來，看到海面的狀況，嚇了一跳：「那是什麼？」

第③章

月光怪客

大量浮游海藻把海面染成七種顏色，海藻數量不斷增加，重重包圍着渡輪。

芭妮用兔子手語解釋：「由去年開始，附近海域出現七色浮游海藻，它們對聲音非常敏感，稍為大聲都會吸引它們浮上海面，聚集後**至少一小時才散開**。因為它們會把海水染成彩色，所以大家叫它們做**『彩虹海藻』**。

「為了降低渡輪的引擎聲，船長安裝了滅音加速器，可是高速航行比較危險，乘客必須留在船艙裏，無法在甲板享受坐船的樂趣。所以，船長只會在接近彩虹海藻時才加速，盡快駛離危險海域。可惜，人算不如天算……」

魔法兔們斜眼瞪着貓大王，他意識到闖禍後才**摀住嘴巴**，可惜已經太遲了。

兔子手語簡單易懂，就像人類的「有口難言」遊戲，宇軒大概明白現在的處境。

船員以熟練的手法為白公子繫上安全帶，用手語説：「拜託你！」

白公子皺着眉、撅起嘴，衣服被安全帶弄皺了，造型也變得不帥了。船員要確保乘客安全，即使明知他是魔法兔，也要做好安全措施。

所有人返回船艙，白公子站在船尾，按着藤蔓胸針説：「**來跳芭蕾舞吧，彩虹海藻！**」

黏着船身的彩虹海藻首先散開，再連同其他彩虹海藻，朝着船尾方向移動，在白公子面前集合。白公子一揚起手，彩虹海藻便向上升起，形成一道類似**水龍捲的**

水柱。

船員看準時機，向船長發出訊號，渡輪重新啟航。過了一會，本來站直的水柱開始扭腰，**擺動幅度越來越大**，看來快要倒下來。

「為什麼會這樣？」芝絲露用手語問。

「白公子的魔法能力只有中級，**不擅長控制海洋植物**。」芭妮用手語回答。

渡輪尚未安全脫險，白公子焦急了，按着藤蔓胸針，向海面射出一道光，說：「拜託，再堅持多一會兒！」水柱重新站直，幾秒鐘後又開始扭腰，有時站直，有時扭腰，乘客和船員**不由得跟着搖擺**。

「嘩啦啦！」水柱終於支持不住，直插入海中，擊起巨浪衝向渡輪，白公子首當其衝，摔倒在甲板上。渡輪受到巨浪的衝擊，猛力向前衝，成功駛離危險海域。

「辛苦你了，謝謝！」船員們解開白公子的安全帶後，把甲板上的魚和蝦放回海裏。

「我輸了。」白公子全身濕透，乏力地坐在地上，他在心裏發誓，以後要加倍努力練習魔法。

「哎呀！」白公子的胸口被扎了一下，他取出背心裏的螃蟹，苦笑着說：「我想換衣服。」

風車島是彩虹鎮的離島，**形狀像紙風車**，島上也有很多風車，一部分提供風力發電，另一部分是**歷史悠久的古蹟**，具有珍貴的紀念價值。

由於風車島人口稀少，向來只有一班渡輪，每天往返彩虹鎮本島和風車島。自從出現了彩虹海藻後，由去年開始，渡輪改為**一星期往返一次**，島上居民難以到本島購物，生活變得不方便。

小時候，貓大王和不動大師曾在風車島郊遊，非常喜歡這個景色優美的小島。當他們得知島上居民的困境後，決定**輪流駕駛便利車到島上營業**。

今天，風車島舉辦市集，兩輛便利車才會一起出動。市集位於島上最大的休憩廣場，廣場內掛滿**色彩繽紛**的三角旗和氣球，有小丑表演魔術，有樂隊現場演奏，還有售賣手工藝品和地道小食的攤位。

魔兔車和貓王車駛入休憩廣場，停泊在空地後，兩間店的店員打開三面車門，貨架和熟食櫃展現眼前，商品款式琳琅滿目。他們從車裏搬出桌椅、油炸機、咖啡機和雪糕機，**即場製作人氣美食**，猶如戶外小型便利店。

不動大師對宇軒說：「送你一件貨品，

什麼東西都可以。」

宇軒不想吃零食，日用品也用不着，取了一盒**有兔子圖案的顏色筆**，說：「謝謝！」

島上的居民紛紛圍攏過來，貓王店是全國最受歡迎便利店，獨家研製的小食和甜品大受歡迎，車子前面排了長長的人龍。相反，雖然持續有客人光顧魔兔車，但是大家似乎**不喜歡芝絲露的甜品**，人人都是只看不買。

「七彩貓尾巴，貓王店獨家，一口氣吃兩打！」貓大王拿着大聲公喊。

「熔岩蘋果批，真材實料無添加，香甜美味頂呱呱！」不動大師也拿着大聲公喊。

「你偷用我的韻啊！」（註）

註：巴 (baa1)、家 (gaa1)、打 (daa1)、加 (gaa1)、呱 (gwaa1)，粵音都是「aa」韻母，全都放在句子最後一個字，稱為「押韻」。

「我又不是吟詩唱歌，誰要跟你比押韻？」

兩位店主瞪着對方，為了保持氣勢，越叫越大聲。

突然，「砰砰砰砰砰」，五個巨型氣球連環爆破，一張卡片「咻」的擦過貓大王的臉，插在桌上的七彩貓尾巴麵包條上。

許多居民抱頭尖叫，甚至有人摔倒在地上。貓大王更是嚇得當場定格，拿着大聲公的手在半空凍結。

不動大師拔出卡片，寫着：「生存就是為了看到光風車的末日。」署名是「月光怪客」，旁邊有一個**炸彈形計時器**，時間是三十分鐘。所有文字刻意用直線書寫，無法從字跡推敲月光怪客的身分。

「這樣發卡片很危險嘛。」不動大師抬頭環視四周，特別留意屋頂和大樹，卻沒有發現可疑人物。

「**有炸彈！**」市集統籌**山羊傑森大叔**看到卡片，掩臉叫嚷。

圖畫比文字的殺傷力更大，向來和平的風車島發生大事，居民都**驚慌失措**，議論紛紛。

宇軒讀過很多偵探小說，相信這是來

自**好角的挑戰**，時間一到便會炸毀光風車。敵人可能有所要求，也可能純粹享受破壞的樂趣。

「光風車在哪裏？」芝絲露問。

傑森大叔打開風車島地圖，說：「光風車在東南面的扇葉中央，開快車的話，三十分鐘內可以到達。」

「奇怪，奇怪，真奇怪！炸毀光風車對月光怪客有什麼好處？」白公子摸着下巴沉思片刻：「我知道了，月光怪客一定在島上受過委屈，**處心積慮來報仇**。」

「會不會只是惡作劇？」芭妮問。

「光風車是**重要的古蹟**，如果有居民在附近，一旦爆炸就會有人命傷亡。」傑森大叔十分擔心，在褲袋拿出汽車鎖匙，說：「總之，我們先去光風車看看。」

傑森大叔和幾個大人前往停車場，正想

打開車門，發現**輪胎被刺穿了**。他們在停車場繞了一個圈，所有汽車和電單車都遭到破壞。

「看來不是惡作劇。」通往光風車的道路崎嶇不平，不可能騎單車或踏滑板，如今只有一個解決方法。傑森大叔雙手合十：

「**不動大師，拜託你了！**」

魔兔店除了是便利店，還會接受委託，為客人解決問題，收費視乎任務的難度。今天，魔兔車和貓王車抵達休憩廣場後，居民一直圍着車子選購貨品，月光怪客沒機會刺穿輪胎。

「我們似乎沒有拒絕的理由呢！」不動大師問宇軒：「**路上可能有危險**，你可以跟我們出發，也可以留在廣場，這裏的大人會照顧你。」

雖然宇軒害怕遇到危險，但是他很想揭

開月光怪客的真面目，於是說：「**我跟你們出發。**」

魔法兔卸下車上所有貨品，由傑森大叔代為售賣。

貓大王仍然處於**「石化」**狀態，宇軒摸他的下巴，他隨即露出陶醉的表情，舒服得「呼嚕呼嚕」叫。

「宇軒，出發啦！」白公子打開駕駛席的車窗喊。

「貓大王，再見！」

不動大師坐在魔兔車後座，宇軒剛坐上去，貓大王便**強行擠進來**，幾乎把他壓扁。

「臭臭貓，滿座了。」不動大師嫌棄地說。

「我差點被月光怪客殺死，**我要親手逮捕他。**」

「你不是有九條命嗎？誰會浪費時間謀殺你？」

「我第一次露營就是在光風車附近，**絕對不能出事！**沒時間了，出發！」貓大王發號施令。

白公子撥一下頭髮，魔兔車「呼」地駛出休憩廣場。

擾攘期間，已經過了五分鐘，車頭的電子鐘堅守崗位，提醒大家時間緊迫。

宇軒夾在**兔子和貓咪之間**，無法想像接下來發生的事，還不知道踏上了改變人生的旅程。

第④章 反轉水世界

風車島四面環海，只有一個碼頭，居民住在碼頭附近的海邊。內陸地區**遍佈高山、高原和森林**，交通不便，只適合郊遊。

光風車用特殊的夜光石和夜光金屬搭建，在日間觀看，全身雪白，有一個鵝黃色尖頂。到了陰天或夜晚，整座風車都會發光。這是島上唯一夜光風車，那些天然夜光物料**早已絕跡**，無法再建造另一座了。

「轉左，繼續向前，轉右，再轉右……」芭妮看着風車島地圖，給白公子指示方向。

路面**寬闊卻顛簸**，如同波浪般凹凸不平，魔兔車高速疾駛，好幾次整輛車彈飛，再重重地着地，揚起漫天沙塵。

「屁股很痛啊！不能走其他平坦的路嗎？」貓大王抱怨。

「我只是跟着地圖走，你忍耐一下啦！」芭妮轉過身說。

「誰叫你硬要跟着來？」不動大師說。

正在吵鬧的時候，芝絲露指着前面喊：「**有個大水窪呀！**」

「郊外特別多水窪，我要衝過去啦！」白公子不斷加速，不閃不避，沒想到……

「撲通」一聲，魔兔車掉入水窪裏，迅速向下沉……

「喵嗚！我**可以在水裏呼吸**，一定是生前吃太多魚，死後變成魚。」貓大王緊閉着眼睛怪叫。

「你再不放開宇軒，真的會有命案。」不動大師淡淡地說。

貓大王張開眼睛，大懶兔仍然是兔子，宇軒仍然是人類，只是被他摟得太緊，臉頰紅通通的。

「你很害怕嗎？不用怕，有我在。」貓大王放開手，秒速變臉，展露可靠的表情。

宇軒「嗯」的點一下頭，他其實感覺到貓大王全身發抖，才會**忍耐着不推開他**。

水窪下面是無邊無際的水世界，四周很安靜，視野也很清晰。向上望，看不到水面；向下望，也看不到水底。

「你們覺不覺得哪裏怪怪的？」芝絲露問。

「我們好像**倒轉了**。」芭妮説。

是的，魔兔車倒轉了，大家倒轉了，連海草、珊瑚和石頭都倒轉了，猶如**倒吊在天花板**似的。

最神奇的是，車窗敞開着，**卻沒有進**

水。芝絲露把手伸出車窗外，感受到水的存在，手卻沒有弄濕，她笑着說：「真有趣！」

白公子嘗試踩油門，可是魔兔車完全沒有反應，他握着方向盤說：「可惡！趕時間才出事。」

「這是什麼地方？」芭妮問。

「不知道。」不動大師和貓大王同聲答。

「我出去看看。」芝絲露從車窗游出去，浮在水中不必倒立，手腳只要輕輕擺動，便能隨意游泳。反正一時間想不出逃生方法，芭妮和不動大師也一起游出來。

「嘩！有骷髏頭！以前也有人掉下來，不知道死了多久呢？」芝絲露問。

「我還很年輕，還有很多事情沒試過，不想死在這裏。」芭妮難過得想哭。

不動大師翻一個筋斗，以倒立姿勢看骷髏頭，冷靜地說：「這是珊瑚礁。」

「真的嗎？」芝絲露和芭妮馬上倒立，果然看到珊瑚礁。

芭妮游到遠一些的地方，看到一堆綠色長髮飄啊飄，她自信十足地說：「你們是海草。」她倒立核對答案，笑着說：「我猜中了。」

白公子埋首檢查車子哪裏故障出問題，貓大王**躲在車窗後**，露出半張臉，偷看魔法兔的舉動。

「你是不是想出去？」宇軒問。

「不，我沒興趣。」貓大王轉念一想：「如果你想出去，**我可以陪你**。」

宇軒「嗯」的點一下頭，他想起校貓貓大王也是這樣，有時候會躲在樹後，默默地觀察同學們玩耍和吃零食。

他們游到芝絲露身邊，聽到她興奮地說：「我沒見過這麼**巨型的甜筒**，上面還有一支支餅乾條，看起來很好吃。」

「粉紅色甜筒很可愛，最適合放在貓王店售賣。」貓大王說。

「一、二、三、四、五，總共有五個甜筒。」宇軒說。

五個巨型甜筒並排在一起很壯觀，他們用手指戳雪糕筒，全部都是**又軟又滑**。

「真可惜！雪糕筒要酥脆才好吃。」貓大王說。

「**水裏的東西都要倒轉看喔**。」芭妮提醒，她和不動大師都游回來了。

當五人一起倒立的同時，五個巨型甜筒張開眼睛，就在視線對上的一刻，他們全身僵硬，心臟幾乎停頓，在心裏慘叫：「**大墨魚！**」

正在睡覺的大墨魚被陌生人吵醒，即時拉響危險警報，向面前的不速之客噴墨汁。

一般墨魚**只會把水染黑**，不會直接

把敵人染黑。一般墨魚不會吃兔子、貓和人，在顛倒的水世界卻可能相反，沒有人想**成為犧牲品**。

「快逃！」不動大師喊。

大家趕快向着魔兔車游過去，白公子看到同伴有危險，游到車子外面，按着藤蔓胸針説：「來綁住大墨魚吧，海草！」

接着，大量海草撲出來，**綁住……白公子！**

「你們弄錯對象了。」

「我討厭魔法！」芭妮左手插腰，右手指着上方，從左至右畫出一道弧線，邊畫邊説：「雲之上，日之心，請讓我使喚冰雹！」

接着，小雲變成一堆冰雹，**射向……芭妮！**

「小雲，你做什麼？」

魔法失效了，大家好不容易游到魔兔車傍，車窗卻被大墨魚堵住，他們只好悄悄地游到車子後面，從車尾門進去，一邊擦走身上的墨汁，一邊想辦法。

「在這裏，**物體倒轉，指令相反**，你們不如用魔法攻擊自己。」貓大王罕有地低聲說話。

「魔法即使不攻擊自己，也不一定攻擊大墨魚，可能會攻擊你們。」不動大師說。

「我們怎麼辦？」芝絲露問。

「我們**不能顛倒是非黑白，但可以用另一個角度看同一件事**，得出完全不同的結果。」

「就像甜筒和墨魚，骷髏頭和珊瑚礁。」

「還有，**本來做不到的事，不代表永遠做不到**。」不動大師打開《伊索寓言》，翻到〈吹笛的漁夫〉，念起魔法咒語：「漁夫朋友，千萬不要出來！」他向着書頁吹一口氣，一位拿着笛子的漁夫從書裏走出來。

宇軒不禁「嘩」的叫了一聲，他讀過這個故事，沒想到有一天會親眼見到主角。

「你想聽我吹笛，還是想我捕魚？」

「兩樣都是，不過對象是墨魚。」不動大師說。

「可惜，魚也好，墨魚也好，都沒興趣聽我吹笛。」

「我相信這裏的墨魚是你的知音，牠們一定喜歡你的笛聲。」

漁夫從車尾門游出去，在大墨魚面前用笛子吹奏輕快悅耳的樂曲。大墨魚先是身體跟着樂曲的節奏搖擺，繼而揮舞觸手，**陶醉在音樂之中**。

漁夫眉開眼笑，吹着笛子游到遠處，大墨魚踏着愉快的舞步，列隊跟着他。

大家趁着這個機會，迅速返回駕駛室。白公子終於明白魔兔車沒有故障，他不再踩油門，**改為踩剎車**，果然成功發動引擎。在顛倒的水世界，出口當然不是在上面。

「我要出發啦！」魔兔車全速向下衝，**越接近水底，光線越明亮**。

芝絲露瞥見一枝花在水中飄浮，漸變色複瓣紫花一枝兩朵，相對望的花好像照鏡子。芝絲露沒見過這種花，半個身子探出車窗外，及時抓住快要飄走的花朵。

宇軒凝望着倒後鏡裏的漁夫和大墨魚，明明不是緊張刺激的戰鬥，他卻感到**說不出的震撼**，不自覺地抓住胸口，被不動大師看在眼裏。

當看到水底映出白雲，不動大師說:「漁夫朋友，回來吧！」漁夫隨即返回書裏，當他合上書本，魔兔車也衝出水底。

「怎麼可能？」芭妮看得傻眼。

光風車就在眼前，車頭的電子鐘顯示剩下最後十秒。魔法兔和貓大王都聽到光風車傳出機器聲，難道那是**計時炸彈的倒數聲？**

「你們不要進去！」

芝絲露從魔兔車跳下來，打開光風車的正門，衝入屋裏……

第⑤章 下一個任務

芝絲露打開門，看到屋子中央有一張圓桌，**桌上有一個炸彈**，計時器正在倒數最後三秒。她飛撲過去，在**最後一秒**按停倒數計時器。

機器聲停止了，室內安靜得只聽到呼吸聲。芝絲露聞不到動物的氣味，月光怪客不在現場。她癱軟在圓桌前，大喊：「沒事啦！」

當大家進入光風車後，桌上的炸彈**「叮」**一聲彈出一張卡片，不動大師拿起卡片，**炸彈自動焚毀**，只消幾秒鐘，便留下一堆灰燼。

卡片寫着：「日後還想見到**銀風車**的話，就要加快腳步。」署名是「月光怪客」，炸彈形計時器同樣寫着三十分鐘。

「**還有第二個炸彈？**」芭妮受不了。

大家在屋裏屋外尋找月光怪客的痕跡，可惜連一條毛或一個腳印也**找不到**。

「我知道了，光風車的炸彈是假的，月光怪客的**真正目標**是銀風車。」白公子的推理有一半已成事實。

「我第二次露營就是在銀風車附近，絕對不能出事！」貓大王率先走到屋外，再回頭催大家：「你們快走吧！」

白公子撥一下頭髮，魔兔車再度在路上馳騁。

月光怪客的行為**令人費解**，不動大師托着腮沉思，他想對付的是風車？抑或是人？

銀風車位於風車島中央的高原上，顧名思義，銀風車全身銀色，前身是製造銀器的工場，荒廢後改建成風車屋。

宇軒仔細地觀察兩張挑戰卡，希望找出一點**蛛絲馬跡**，他的頭一會兒歪向左，一會兒歪向右，惆悵得不得了。

「你發現什麼線索？」芝絲露轉過身問。

宇軒搖搖頭，說：「我又不是福爾摩斯、金田一或柯南。」

「那麼你有什麼在意的地方？」

「我覺得……」宇軒**欲言又止**。

芝絲露用**期待的眼神**望着他，才等了幾秒鐘，貓大王不耐煩地說：「你有話想說就說出來！」

宇軒指着卡片上的圖畫說：「我覺得**炸彈好像鬧鐘**。」

「的確有點像鬧鐘，你也有嗎？」

宇軒再次搖搖頭，不動大師的**耳朵動了一動**，誰也沒有察覺到這個細微的反應。

貓大王看着車頭的電子鐘，越想越生氣，咬牙切齒地罵：「月光怪客真惡毒！又想炸風車，又在路上設陷阱，害我們掉入水裏，我最討厭全身濕答答！」

「掉入水裏是**意外**，況且我們都沒有弄濕。」不動大師說。

「我要親手抓住他，將他掉入自己製造的陷阱。」

「都說那是意外，你總是不聽別人解釋。」

貓大王爬上車頭，推開白公子，搶奪方向盤，盯着前方說：「我知道有捷徑去銀風車，只要不依照地圖走，就不會中陷阱。」

前座太擠迫，芝絲露爬到後座，坐在宇軒旁邊問：「不動大師，貓大王，你們為什麼經常吵架？」

「我知道。」芭妮轉過身，對芝絲露和宇

軒説：「貓大王和不動大師是同班同學。小時候，貓大王個性差、脾氣壞，沒有朋友，經常做壞事。有一次，貓大王在學校外牆塗鴉，校長要他放學後擦乾淨，不動大師路過，貓大王叫他用魔法擦走塗鴉，不動大師不但**拒絕他**，還在旁邊指指點點，令貓大王生氣得不得了。之後，貓大王每次**做完壞事要善後**，不動大師都會出現，不客氣地奚落他，兩人從此吵個不停。」

便利店是街坊聚集的基地，店員要跟顧客建立良好關係，當然會聽到很多小道消息。芭妮聽過很多故事，可以連續説十日十夜。

「還有一次，他們默書不合格，不想罰留堂，於是**一起逃走**，結果老師在雪糕店找到他們。」

「沒有這回事！」貓大王和不動大師**同聲否認**。

「嘻嘻，那麼我之前說的都是事實啦！」試探成功，芭妮奸笑着舉起勝利手勢：「後來不知道什麼原因，貓大王**不再做壞事**，不過依然經常和不動大師吵架。」

「你們**其實是好朋友吧！**」芝絲露得出結論。

「才不是！」貓大王和不動大師再次同聲否認。

「大懶兔多管閒事，穿着品味差，睡得太多，頭髮太長！」

「臭臭貓自視過高，沒耐性，脾氣壞，小器鬼！」

「優點呢？」芝絲露問。

「沒有！」

宇軒想起班裏的同學，真正的吵架會互相傷害，言語的攻擊會令人受傷。貓大王和不動大師**了解彼此的性格和想法**，他們的吵架只是鬥嘴。

魔法兔們相處融洽，可以拿對方開玩笑，宇軒非常**羨慕**和**嚮往**這種友誼，可惜身邊沒有朋友。他不經意地輕聲說：「有朋友真好……」

「你沒有朋友嗎？」芝絲露問。

宇軒搖搖頭，說：「我覺得沒有人喜歡我，爸爸媽媽和同學都不重視我。」

「你希望別人重視你嗎？」

宇軒點點頭，反問：「不是人人都希望別人重視自己嗎？」

「那麼**你喜歡自己嗎？**」

宇軒愣住了，不懂得反應，他從沒思考過這個問題，陷入短暫的回憶——

爸媽每年都會安排家庭旅行，出發前會先問兩兄弟的意見。一天吃晚飯時，爸爸問：「宇軒想去哪裏？」

「日本。」

「前年不是去過嗎？」

「那一次是去東京，我想去北海道看銀狐。」

「我想去泰國玩滑翔傘。」智勇說。

「好啊！去泰國可以吃榴槤，想看動物的話，看大象也是一樣啦！」媽媽說。

「那就去泰國，我訂機票酒店。」爸爸說。

宇軒垂下頭，泰國沒有銀狐，他討厭榴槤的味道，向來不吃榴槤。前年去東京，去年去澳洲，都是由智勇決定。既然**他沒有話事權**，何必假裝徵詢意見。

有一次，爸爸拿了兩個鎖匙圈回家，一個是扭計骰，一個是彈珠機。他說：「客戶送給我的，你們一人一個。」

「我要扭計骰。」兩兄弟**同時伸出手**。

「扭計骰對宇軒來說太難了，你要彈珠

機，扭計骰給哥哥。」

「太好了！謝謝爸爸！」

沒試過怎知道難不難？從一開始，爸爸就**否定宇軒的能力**，連嘗試的機會都沒有。

還有一次，宇軒英文測驗拿到九十分，回家後給媽媽看，媽媽微笑着説：「進步了很多，你的努力沒有白費呢！」

這一天，智勇的學校同樣發英文測驗卷，他再次拿到全班第一名。

「嘩！哥哥真是百戰百勝，我們吃自助餐慶祝嘍！」

宇軒知道智勇再聰明，都要每天努力温習，他得到好成績並非僥倖。但是，宇軒不明白兩個兒子同樣付出了努力，為什麼媽媽的反應相差那麼多？

縱使一家人去吃自助餐，但是宇軒覺得**自己只是陪襯**，爸媽完全看不見他。從小到大，他在哥哥身後的影子成長，他拚命奔跑，始終追不上、碰不到。

「你要以哥哥做榜樣啊！」

「你自己玩，不要騷擾哥哥溫習。」

「只是十個英文詞語，你都記不住嗎？如果是哥哥，早就滾瓜爛熟了。」

宇軒有時會想，爸媽有智勇就心滿意足，**為什麼還要多生一個兒子？**他根本是多餘的存在。

☽ ★ ☽ ★ ☽ ★ ☽ ★ ☽

「轟轟！」

魔兔車劇烈地搖晃，宇軒回過神來，望出車窗，發現路上有很多樹枝橫臥在地上。路面狀況惡劣，不禁令人**懷疑走錯路**。

「貓大王，你上次走捷徑去銀風車是多少年前的事？」芝絲露問。

「十年，不對，十五年前。」

「我們還沒出生，這些樹看來比我們老喔。」芭妮說。

「你肯定沒有迷路嗎？」白公子問。

「我的記憶力很好，區區樹枝攔阻不了我。」前面有一根倒塌的粗樹幹，貓大王**拚命加速**，魔兔車像跨欄似地跳起，成功跳過樹幹後，前面居然是峽谷，車子**凌空躍起**，貓大王想剎車已經來不及了。

「嘩嘩喵喵喵！」

貓大王的尖叫蓋過所有人的喊叫，白公子按着藤蔓胸針，說：「請幫幫忙，樹木大哥！」

峽谷兩旁的樹木伸向峽谷下面，交錯重疊編成一張網，在半空托住魔兔車。

「大家沒事嗎？」不動大師問。

「沒事。」白公子說。

「沒事。」芭妮說。

「沒……事……」芝絲露掛在車頂的兔耳朵上，橡子精靈正在幫她解圍巾。

咦？貓大王和宇軒呢？他們不在車內，也沒有掛在車外。

「救命啊！」

貓大王和宇軒被拋出車外五米，他們抓住樹枝，在半空中搖搖欲墜。宇軒害怕得不敢亂動，貓大王想爬上去，但樹枝網的空隙太窄，穿不過去。

白公子按着藤蔓胸針，說：「請救救我的朋友，樹木大哥！」

不知為何，所有樹木都靜止了，它們**好像在害怕什麼**，一動也不動。

「這裏很熱，它們是不是怕熱？」芭妮問。

「它們不是怕熱的植物。」

芝絲露靈機一動，摘下甜筒頭飾，倒出兩顆紫色藥丸，圓球上佈滿針狀突起物，外

型看似病毒。她把藥丸交給橡子精靈：「給貓大王和宇軒。」

橡子精靈迅速飛出去，芝絲露大喊：「**你們張開口啦！**」

貓大王和宇軒抬起頭、張開口，兩顆「病毒」從天而降，「咕嚕」吞下去後，「噗」地變成小鳥。他們拍動翅膀飛上高空，看到峽谷下面有很多**噴氣孔**。

「我們在『**蒸氣谷**』，噴氣孔會間歇性噴出高温水蒸氣。」貓大王說。

就在這時，地面開始震動，遠處有噴氣孔噴出水蒸氣。外圍的樹木怕被灼傷，相繼返回原位，樹枝網逐漸縮小，魔兔車快要掉下去……

第⑥章 傳説中的火風車

貓大王和宇軒飛到峽谷的盡頭視察，噴氣孔噴出水蒸氣之前，地面會先震動，就像預告似的。靜止片刻後，地面再次震動，輪到下一個噴氣孔噴發。

觀察一會後，宇軒的心「咯噔」一下，自言自語：「**會不會……**」

「你發現了什麼？你有話想說就說出來！」

「我覺得未必是這樣。」

「你先説出來，是對是錯，我會自行判斷。」

「噴氣孔好像是兩個一組，每次都是左邊先噴氣，再到右邊，而右邊的水蒸氣會比左邊熱，更容易被灼傷。它們正在順着次序，**向着魔兔車爆發**。」

「噢，原來是這樣。」貓大王完全沒有

分析過，便全部接納了。

兩隻「小鳥」飛去魔兔車，遠處有建築物在陽光下反光。

「你看，是**銀風車**，我沒有走錯路！」貓大王神氣地說，下一秒卻生起疑問：「咦？我以前有沒有見過蒸氣谷呢？」

時間緊迫，宇軒拉着貓大王返回魔兔車，由貓大王解釋當下狀況。

掛在車頂的芝絲露腦筋一轉：「你們先去銀風車，我有辦法脫險。」

兩隻「小鳥」全速飛向銀風車後，芝絲露說：「芭妮，預備一條繩子。白公子，你叫樹枝網**拋起魔兔車**。」

芭妮和白公子牽起嘴角，交換眼色，猜到芝絲露的計策。於是，橡子精靈用繩子牢牢地綁着車子，芝絲露則變成兔子，咬着繩子跑到峽谷對面。她變回人形後，吞下一顆

「病毒」藥丸，「噗」地變成一隻犀牛。

芝絲露大喊一聲「白公子」，白公子按着藤蔓胸針説：「**就是現在！**」樹枝網把魔兔車向上拋起，當車子拋上半空後，樹枝網立刻撤退。「犀牛」咬着繩子，用力一拉，魔兔車橫越峽谷，安全着地。

「嘩啦啦！」這時候大量水蒸氣如噴泉般噴出，大家都捏一把冷汗。

另一邊廂，銀風車閣樓的窗戶敞開着，變成小鳥的貓大王率先飛進去，看到房間中央有一張圓桌，桌上有**一個炸彈**。他看不到倒數計時器的時間，只好全力俯衝，用尖嘴啄炸彈上的按鈕。終於，計時器在最後兩秒停止倒數。

「噗」地一聲，貓大王變回人形躺在地上，宇軒在半空變回人類，掉下來時剛好坐在貓大王的肚子上。

貓大王粗聲粗氣地說：「你經常**有話想說卻不敢說**，令人很不耐煩。」

「對不起！我本來就很少說話，而且我怕望着別人的眼睛，常常垂下頭，大家都不願意聽我說話。」

「但你經常盯着我，跟我說話很流暢，也會主動和我說話。」

「**因為你是貓，我喜歡貓。**」

「你下次跟別人說話時，把對方**想像成貓**，就不會再害怕啦！」

「我覺得我做不到。」宇軒又不自覺地垂下頭。

「我剛才在車上就想說了，你說希望別人重視自己，你就要**先重視自己**；你想別人喜歡你，你就要**先喜歡自己**。從來沒有人記得我的生日，每年都是自己慶祝，一樣很開心呀！」

「我覺得自己沒有值得喜歡的地方。」

「我覺得，我覺得，煩不煩啊！『你覺得』的就是正確嗎？**『你覺得』的就是事實嗎？**」

貓大王越罵越兇，宇軒紅着眼，咬着唇，一副想哭的模樣。貓大王自知語氣太重，他不懂得安慰人，卻知道怎樣紓緩情緒，尤其是喜歡貓的人。

「現在沒有人，我可以借我的肚子給你，不過……」

貓大王還沒說完，宇軒便抱着他，把臉埋在他的肚子，使勁地聞他的氣味。

「我的肚子是什麼味道？」

「焦糖爆谷味。」

「是嗎？我都不知道，自己聞不出來。」

貓大王心想，肚子很温暖，這樣算是被人擁抱嗎？他只有在小時候被父母擁抱過，差點忘記兩個人彼此靠近的溫度。

貓大王的肚子散發出讓宇軒安心的味道，使他的心情慢慢平復。

桌上的炸彈「叮」一聲彈出一張卡片，寫着：「快趕去大浪島，火風車要燒起來了。」署名仍然是「月光怪客」，計時器的時間卻是四十五分鐘。

「『吸貓』是不是很舒服？」不動大師調侃貓大王和宇軒，他們尷尬得倉皇彈起身，同伴們也陸續進入屋裏。

「真是沒完沒了。」不動大師拿起卡片後，炸彈跟之前一樣自動焚毀，只消幾秒鐘，便留下一堆灰燼。連續兩座風車都是煙幕，月光怪客為什麼要這樣做？

「那個火風車是不是有魔法兔傳說的火風車？」芝絲露問。

「在月落之國，只有一座火風車。」

「我第三次露營就是在火風車附近，絕對不能出事！」貓大王緊張地嚷。

「你很喜歡去有風車的地方露營。」宇軒說。

不動大師的耳朵動一動，嘴角閃過謎樣的淺笑。由收到第一張挑戰卡開始，所有人一直被月光怪客牽着鼻子走，沒有考究對方的**真正目的**。

來到這裏，不動大師把一條條線索綁起來，編織出名為真相的網。他有預感只要到達火風車，一切便會**水落石出**。

☽ ★ ☽ ★ ☽ ★ ☽ ★ ☽

魔兔車重新出發，駛向風車島北面。大浪島現在是無人島，芝絲露清清喉嚨：「傳說在很久很久以前，大浪島有很多風車，也有人居住。有一天，一隻年輕力壯的魔法兔像平時一樣，獨自上山採蘑菇。他在山上見到一座風車突然着火，神奇的是風車被火燃燒，卻沒有燒毀。

「當他走上前想看清楚時，風車說話了，大浪島將會發生大災難，叫魔法兔帶家人和村民離開，去遙遠的地方重建家園。當他們離開大浪島後，海嘯來了，摧毀島上所有房屋和風車，只有說話的風車完好無缺，後人就叫它做火風車，是彩虹鎮最古老的風車。」

「我小時候就在想，風車裏可能有一隻法力高強的大魔法兔。」貓大王說。

「有機會的話，你親自問我們的祖先吧！」芭妮沒正經地說。

「大浪島的居民去了哪裏？」宇軒問。

「向日鎮……我出生的地方。」芝絲露眼中掠過一絲憂傷，隨即扯開話題：「還有多久才到大浪島？要不要坐船？我怕會暈船呢！」

芭妮反轉地圖，後面列出退潮的時間，她看着車頭的電子鐘說：「放心吧，我們可以在退潮時到達風車島的岸邊。」

☽ ★ ☽ ★ ☽ ★ ☽ ★ ☽

「怎麼可能？」

魔法兔等人站在風車島北面的岸邊，驚訝得半張開口，幾乎說不出話。

現在本來是退潮時間，岸邊會出現一條狹長的**沙洲**，連接對岸的大浪島，行人和汽車都可以輕易橫越海岸。

「奇怪，奇怪，真奇怪！**沙洲不見了？**」白公子摸着下巴問。

「現在是氣象魔法兔大顯身手的時候。」不動大師說。

「我討厭魔法！」芭妮撅起嘴說：「你召喚〈金斧頭和銀斧頭〉的河神出來吧！」

「這裏是海不是河，淡水神仙無法在鹹水裏生存。」

「河神不是淡水魚，你只是**懶得動**。」芭妮一眼看穿不動大師的想法：「誰想一睹河神的風采？」

貓大王、芝絲露和宇軒同時舉手，眼睛閃出期待的光芒，如同等待看精彩表演的觀眾。

不動大師偷懶失敗，只好打開《伊索寓言》，翻到〈金斧頭和銀斧頭〉，念起魔法咒語：「美麗的河神，出來和老朋友敍舊啦！」他向着書頁吹一口氣，一位優雅漂亮的女神從書裏走出來。

「請你讓海水退潮，我們要去對面的大浪島。」不動大師説。

「那很簡單，先不説這個。人類世界最近流行蓬鬆水波紋捲髮，我特別找髮型師電髮，你説好不好看？」河神的表情充滿自信心。

「好像一堆**金色海帶**放在頭上。」

「哪裏像海帶？你撥開瀏海，瞪大眼睛看清楚吧！」

「我的視力很正常，那些海帶會動的話就是蛇髮女妖。」

「哼！正邪誓不兩立，你找蛇髮女妖幫忙啦！」河神氣沖沖地返回書裏。

芭妮撲上去想拉住河神，可惜《伊索寓言》已經自動合上了。她苦着臉喊：「**不要走**，我們很需要你。」

「河神明明喜歡誠實的人，**我説真話又不高興**，女人真是難以捉摸。」

「都是你不好，現在怎麼辦？」芭妮也生氣了。

所有目光集中在芭妮身上，她歎了一口氣，抬頭問：「小雲，你準備好了嗎？」

「我準備好了！」

芭妮左手插腰，右手指着天空，從左至右畫出一道弧線，邊畫邊說：「雲之上，日之心，請讓我把海面結冰！」

小雲跳入海裏，海面立刻結冰。白公子駕駛魔兔車走在冰上，可是**冰面太滑**，魔兔車左搖右擺，好幾次**險些翻車**。

「你們沒有輪胎防滑鏈嗎？」貓大王問。

「沒有。」白公子說。

「那就叫你的植物朋友幫忙。」

「在海中心無法召喚陸地的植物，如果叫海底的植物上來，就會破壞冰面。」

「所以說，**我討厭魔法！**」芭妮再次強調。

「現在抱怨也沒用。」芝絲露推開白公子，說：「由我來駕駛吧。」

芝絲露**目光炯炯**，緊握方向盤，猛踩油門，在冰上高速飛馳。車速快得駭人，魔兔車好像飄起來似的，大家趕緊抓住車內的扶手。

「怎麼今天一直在賽車？」不動大師說。

「芝士兔，你試過在雪地開車嗎？」貓大王問。

「有呀，我滑過雪橇，在雪地開車一定要快。相信我，沒事的。」

「由現在開始，我要質疑汽車的定義。」白公子無奈地說。

「加油！**你要堅持到終點啊！**」芭妮盡力為芝絲露打氣。

大家在車裏時而向左撞，時而向右撞，

就在快要昏倒之前，魔兔車終於停下來了。

「各位乘客，我們到達大浪島啦！」芝絲露向後望，眨着眼睛問：「你們發生什麼事？」

所有人東倒西歪，只看到滿天星星在旋轉。

小雲從海裏跳出來，冰面跟着融化。大自然變幻莫測，今天海水**沒有依時退潮的謎團**，可能永遠解不開。不過，如果這是**人為的結果**，那就另當別論了。

踏上大浪島後，天空塗上灰色顏料，風勢加劇且滲着寒意。白公子不想在無人島出車禍，奪回駕駛權。繞過**蜿蜒曲折的山路**，一座紅磚外牆、檜木屋頂的古樸風車映入眼簾，它就是彩虹鎮歷史最悠久的火風車。

儘管時間比之前充裕，但是大家也不敢鬆懈，快步向着火風車走過去。誰料才走了幾步，**貓大王和魔法兔忽然倒下**。

「你們怎麼了？」宇軒大驚。

大家全身乏力，摀住耳朵，面容扭曲，**看起來十分痛苦**。

橡子精靈看着火風車，好像明白了什麼。他們想用魔法把身體變大，可惜只維持一秒，便像個漏氣的氣球瞬間縮小。無法使用魔法，他們只好用繩子綁住芝絲露的腳，合力**拉着她遠離火風車**。

宇軒不敢怠慢，扶着貓大王走到遠處，直至貓大王放開摀住耳朵的手，他才折返扶其他同伴離開。

「你們聽不到非常刺耳的聲音嗎？」芝絲露問。

「**聽不到。**」宇軒望向橡子精靈，他們也搖搖頭。

「貓和兔子聽覺敏銳，有些**高頻音只有我們聽到**。」白公子說。

「在月落之國，有很多古蹟由遠古的魔法守護，火風車古舊但不破落，應該有一股神秘而強大的力量保護它。」不動大師說。

「連你也沒辦法破解嗎？」貓大王問。

「謝謝這麼看得起我，我很榮幸啊！」

貓大王「嘖」一聲別過臉，頭痛與耳朵痛，沒心情吵架。

幸好身體的不適只持續**短時間**，大家逐漸恢復過來，站起來伸展手腳。不動大師照例最遲站起來，他稍為發力，頭一暈，腿一軟，單膝跪地。芝絲露剛好在他旁邊，正想扶住他時，他的**耳朵忽然發光**，幾秒鐘後，光，消失了。

「不動大師，你的耳朵……」

不動大師回過頭，把食指放在唇上，示意芝絲露不要說話。同伴們都在前面，看不到不動大師，她點頭答應，卻**滿腹狐疑**。

白公子再次嘗試走近火風車，被刺耳的高頻音阻礙他前進。即使拿橡子精靈充當耳塞，也阻隔不到擾人的聲音。他說：「看來要由聽不到高頻音的人進入火風車。」

所有人的焦點同時落在宇軒身上，宇軒眨了眨眼睛，指着自己的胸口問：「**由我去？**」

「現在只有這個方法喔。」芭妮說。

「橡子精靈不是更加適合嗎？」

「他們在鬼火山來去自如，下山後一直跟着我們，好像**無法單獨行動**。」芝絲露說。

「既然火風車**有遠古魔法守護**，炸彈也傷害不到它。」

「誰說炸彈一定在火風車裏？那個計時器可能是引爆器，炸彈藏在其他地方，時間一到就會爆炸。」白公子推測。

「你們會魔法都闖不過去，我怎麼可能完成任務？」

「事實上，我們連靠近火風車也做不到，魔法不是萬能的。**去或不去由你決定**，我們不會強迫你。」不動大師說。

「我……我……」宇軒用盡拒絕的理由，激動地說：「我不會魔法，反應遲鈍，判斷力低，膽小懦弱，學業成績不好，運動不好，每次選組長選班長都不會選中我，這麼重要的任務，我一定做不到的！」

向來寡言的宇軒**一口氣說出自己的缺點**，緊握的拳頭抖個不停，心底的吶喊，從來沒有人聽見，心裏的傷口，也沒有人看見。

芝絲露胸口一緊，鼻子一酸，走上前抱一抱宇軒，再抓住他的肩膀說：「宇軒，你其實**比自己想像中重要得多**。」

剎那間，淚水盈滿眼眶，宇軒的嘴唇顫抖，想說話回應，卻無法發出聲音。感動，這是出生以來，第一次有人肯定自己。

貓大王輕拍宇軒的頭，宇軒擦乾眼角的淚水，點着頭說：「**我去。**」

距離爆炸時間還有五分鐘，宇軒在腦中模擬行動畫面：開門、房中有圓桌、桌上有倒數計時器、按停計時器、取走彈出來的卡片。

宇軒深呼吸一口氣，邁步向着火風車走過去。橡子精靈飛到宇軒身邊，他們也想在行動中出一分力。

火風車的正門沒有上鎖，宇軒打開門，**一陣清風撫過臉頰**，送來海洋的氣味。

室內昏暗，閣樓小小的窗戶透不進一絲日光。宇軒走進屋子中央，大吃一驚：「沒有圓桌，計時器在哪裏？」他們在地面搜索，到處都沒有倒數計時器的蹤影。

「現在怎麼辦？」宇軒問，橡子精靈閉起眼睛，他頓時明白過來，也跟着**閉上眼**。

「滴、滴、滴……」上面傳來微弱的機器聲，宇軒張開眼睛向上望，說：「計時器在閣樓。」

宇軒站在螺旋形樓梯下面，漆黑的樓梯令人**心跳加速**，他不禁嚥一下口水。本來以為一進來便可以完成任務，沒想到事情變得複雜了。時間不多，宇軒**不能再猶豫**，說：「我們上去吧！」

「哎呀！」樓梯實在太黑，宇軒才走了三步便絆倒了。

橡子精靈很想幫宇軒，再次嘗試使用魔法，結果成功令身體發光。他們驚喜得蹦蹦跳，飛到宇軒腳前，照亮樓梯。

宇軒加快腳步，在樓梯轉了一個圈後，一陣強風迎面吹來，少糖和半糖及時鑽入宇

軒的褲管裏，微糖被風吹起，宇軒趕緊伸手抓住他，放入褲袋裏，緊抱着樓梯扶手。

強風沒有停止的跡象，假如芭妮在場，就可以召喚風暴對抗，現在**只有自己可以怎麼辦？**

橡子精靈在褲子裏瑟瑟顫抖，宇軒低頭察看，他們仍然堅持發光，好讓宇軒在漆黑中看得見。他猛然醒悟：在這一刻，面對困難的人是我，不是別人。無法倚靠魔法力量，唯有用笨拙的方式，咬緊牙關往前走。

黑暗中**只要還有一點微光**，就會有勇氣走下去。

宇軒在強風中重新踏出腳步，抓住扶手蹣跚地向上走，越接近閣樓，風勢越猛烈，臉頰被風颳得刺痛。他半張開眼睛，迎着逆風，用盡所有力量向前邁進。

當宇軒的腳踏在閣樓上，強風終於靜止

了。炸彈形倒數計時器放在房間中央的圓桌上，時間剩下最後三秒。

宇軒撲上去，按停計時器……

「轟！」

計時器顯示「00：00」，一團紅光把閣樓照亮，真正的炸彈**在外面某個地方爆炸了**。

「對不起！我失敗了！」宇軒哽咽着說。

桌上的炸彈「叮」地彈出一張卡片，寫着：「樂於助人的貓一定會**永遠幸福！**」署名仍然是「月光怪客」，但沒有倒數計時器。

宇軒拿起卡片，炸彈自動焚毀，幾秒鐘後留下一堆灰燼。

「這是什麼意思？」宇軒既自責又困惑。

「轟！轟轟！」

炸彈持續爆炸，閣樓**被不同顏色的光照亮**。宇軒走到窗前，竟然看到……

第8章 月光怪客的真面目

一個個煙花在空中綻放出璀璨的圖案，宇軒趕快奔下樓梯，走出火風車，回到同伴身邊。

下一個煙花，爆開後出現**貓大王的臉**，貓大王驚訝得「喵喵」叫。再下一個煙花，爆開後出現一個點了蠟燭的生日蛋糕。

在煙花背景下，三個戴眼罩、穿披風的貓小孩站在岩石上，一邊擺姿勢，一邊喊：「黑夜是我的居所，月光是我的力量，**我們是月光怪客！**」

在場所有人都驚呆了，下巴快要掉到地上。

他們是住在風車島的貓小孩，每個星期都會去便利車買雪糕，特別喜歡纏住貓大王，聽他分享奇聞趣事。

不久之前，他們在魔兔車買了雪糕後，坐在車前的長椅上看雜誌，看中一部炸彈形鬧鐘。不動大師當時沒有放在心上，直至宇軒說**計時器像鬧鐘**，才再次想起來。

雖然他多少猜到月光怪客的身分，但沒想到他們會變裝出場，難免一時間反應不過來。

月光怪客從岩石跳下來，跑到貓大王面前，瞪着閃亮亮的眼睛問：「貓大王，你驚不驚喜？喜不喜歡？開不開心？」

「驚喜，喜歡，開心。」貓大王其實還沒理清頭緒。

「嘩喵喵！太好啦！」貓小孩互相擊掌，同聲說：「貓大王，**生日快樂！**」

「謝……謝謝！」

「你說過小時候的夢想是**做冒險家**，

環遊世界去歷險，所以我們特別安排驚險刺激的大冒險，送給你做生日禮物。那些自動燃燒的計時器，我們研究了很久，聰不聰明？厲不厲害？」

「聰明，厲害。」貓大王差點嚇到昏倒才對，他端出可靠的臉，以鎮定的聲音說：「其實，你們送生日卡給我便可以了。」

「**你已經收到生日卡啦！**」

「啊，卡片！」宇軒將月光怪客的四張卡片順序排列，重新再讀一遍，發現了**暗藏的訊息**。他對貓大王說：「請你讀出每張卡片的第一個字。」

貓大王帶着疑惑地說：「生、日、快、樂。」

貓大王有很多兄弟姊妹，父母永遠不記得子女的生日，家裏沒有舉行過生日會。或許是脾氣差難相處，或許是欠缺朋友緣，他一直交不到朋友，沒有人為他慶祝生日。

每年生日，貓大王都會買一個小蛋糕，點上一根蠟燭，自己唱生日歌，自己吃蛋糕，祝自己生日快樂。他獨自在房間一邊吃蛋糕，一邊看喜劇，嘻嘻哈哈度過生日的晚上。

晃眼間，過了許多年；一轉眼，**祝福重現眼前**。貓大王抬起頭，不停眨眼睛，以免淚水流下來。

不動大師擋在貓大王和貓小孩之間，問：「是不是你們弄破廣場的氣球、刺穿汽車的輪胎？」

「**是傑森大叔做的**，他知道我們的計劃後，幫我們預備煙花。為了不露出破綻，沒有事先通知大家，你們出發後，才向大家解釋。我們還在地圖做手腳，**改了退潮的時間**，故意要你們繞遠路，他說郊外的地形每隔十年就會起變化，可能會遇到意想不到的危機。」

「原來傑森大叔是幕後黑手。」不動大師的腦中浮現出傑森大叔賊笑的臉，他繼續問：「你們怎樣避開高頻音走入火風車？」

「**我們沒有聽到高頻音。**」

「你們在樓梯有沒有遇到強風？」宇軒問。

「當時陽光普照，沒有風。」

「如果貓大王留在廣場，你們豈不是白費心機？」不動大師說。

「貓大王是**勇敢的大冒險家**，他一定不會錯過任何冒險的機會。」

「可惜你們看不到，臭臭貓真的很勇敢啊！」不動大師故意拖長尾音，嘴角泛起**不懷好意的笑**。

貓大王全身抖一抖，心虛得假裝吹口哨，不承認也不否認。

由此至終，月光怪客**沒有明言要炸**

毀風車，大家都被炸彈圖畫和計時器誤導，以為會發生大災難。

天色仍然灰沉沉的，空氣中殘留着淡淡的煙硝味。從遠古到如今，火風車獨自屹立在山頭，守護着不起眼的小島，莊嚴而神秘。

在回程的路上，不動大師忽然說：「我掉了東西在火風車附近，你們在岸邊等我。」他變成兔子跳下魔兔車，掉頭奔跑。當火風車再次出現眼前，他變回人形，當場愣住了。

其實，不動大師沒有遺失東西，他只是想知道高頻音有沒有消失，誰料眼前發生的一切，遠遠超乎他的想像。

☽ ★ ☽ ★ ☽ ★ ☽ ★ ☽

貓小孩忙了一整天，肚子餓得不得了，吃掉所有熔岩蘋果批。最後，兩輛便利車的

貨品全部售罄，載着滿滿的溫暖心意回家。

現在，橡子精靈可以隨意運用發光的魔法，但其他魔法依然用不了，**解開封印**的契機是什麼？令人摸不着頭腦。

魔法兔們站在渡輪的甲板上，天空染上一抹橘黃，夕陽餘暉灑落在海面上，波光粼粼。

艙門「卡」一聲地打開，宇軒從船艙裏走出來，芝絲露伸長手臂，虛弱地說：「救我，我暈船！」

宇軒立即為芝絲露按內關穴，三十秒後，她彈起身說：「我沒事啦！」

「好快！」

貓大王跳到甲板上，大喊：「**一二、一二三四！**」

熟悉的音樂響起，貓大王高唱貓王店的主題曲，還有三位貓店員在身後伴舞：

喵喵喵喵喵大王泡芙串燒波波糖
喵喵喵喵喵大王人氣美食由我創
喵喵喵喵喵大王買買買買好瘋狂
喵喵喵喵喵大王快快來貓王天堂

貓王店太出名，喵喵歌幾乎無人不知，吸引乘客和船員圍觀，拍掌和唱。

「生日主角真是活力充沛。」芭妮說。

「臭臭貓**不是今天生日**。」不動大師說。

「怎麼可能？」

「臭臭貓的**生日在三個月後**，是貓小孩記錯了。他不說出來，索性提早慶祝。」

「貓大王也有温柔體貼的一面呢！」

當四隻貓排在一起，宇軒才留意到他們

的制服很特別，說：「他們的衣服上有很多徽章。」

「臭臭貓**喜歡收集徽章**，兔子才沒有收集癖。」不動大師說。

一呼一吸之間，宇軒的腦海掠過一個畫面，低聲說：「難道是……不可能的……」

「你想到什麼嗎？」

「不，沒有。」

「你是不是很喜歡看偵探小說？」

「嗯。」宇軒點頭。

「你當然不是福爾摩斯、金田一或柯南，**你是宇軒**，全世界只有一個你，有些事情，只有你做得到。」一羣海鷗飛過上空，不動大師說：「當思緒開始起飛，就讓它**乘風飛翔吧！**」

在車上隨口說出的話，不動大師竟然放在心裏，讓宇軒感動不已。

他望着越飛越遠的海鷗，再一次檢視今天遇到的事、聽過的話，各種零碎的片段像一塊塊拼圖，逐漸組合成完整的圖畫。

然後，宇軒終於知道是誰偷走買書錢，焦急地說：「我想回去。」

「你說過沒有人喜歡你，反正回去也不開心，**不如留下來吧！**」芝絲露說。

「雖然班裏的同學不喜歡我，我在學校不開心，但是**我並不討厭他們**。子俊現在有麻煩，他也很不開心。我想回去，有些事情**可能只有我做得到**。」

難得宇軒不再貶低自己，不動大師揚起嘴角說：「到處看似沒有門，門其實無處不在。只要你伸出手，就會有出口。」

宇軒按着船艙外面的玻璃說：「拜託你，我想回到學校。」玻璃上旋即出現了一道門，他的心情很複雜，為了使出魔法而高興，也為了離別而傷感。

宇軒走到貓大王面前，**送上一張卡片**，說：「貓大王，生日快樂！」

剛才在船艙裏，宇軒問船員取了一張卡紙，用不動大師送的顏色筆，繪畫色彩繽紛的生日卡，卡上寫着：「**祝你早日成為勇敢的冒險家！**」

「『勇敢』兩個字有必要刻意放大嗎？」貓大王不滿意地嚷。

宇軒嘴角一牽，露出頑皮的笑容。相處了大半天，宇軒第一次打從心底笑出來，對貓大王來說，**這是最好的生日禮物**。

「謝謝！」貓大王伸出拳頭，跟宇軒擊拳。

宇軒跟大家說「再見」，打開魔法之門，走進去後，身上的顏色筆掉在地上，門跟着消失。

「你們經常這樣送別，怎麼受得了？」

貓大王有所感觸。

「我又不是冷血動物。」不動大師撿起地上的顏色筆，塞入貓大王的口袋裏，轉身橫臥在甲板上。

渡輪還沒進入彩虹海藻出沒的危險海域，船身激起層層金黃色浪花，斜陽映照着魔法兔和貓大王，渲染出一片寂靜的風景。

當內心的感受難以用言語表達，**風會伸出溫柔的手，撫慰心靈**。

第⑨章 大聲説出來吧！

門的另一面是課室，宇軒回到人類世界，同學們仍在互相指責，老師還沒有進來，狀況跟離開時一樣，時間由現在開始繼續運轉。

子俊很想找到遺失的二百元，卻不想同學們為了這件事吵架，不知道如何是好。

拿出勇氣，把想到的統統説出來吧！宇軒深呼吸一口氣，站在椅子上，大聲喊：

「**大家聽我説！**」

課室頓時鴉雀無聲，全班同學都用訝異的目光凝視着宇軒。他緊張得心臟怦怦亂跳，在心裏念魔法咒語：「**全部變成貓吧！**」

「噗噗噗……」宇軒把同學的臉想像成

貓咪的臉，緊張的心情即時被可愛的貓臉融化，他直接説出重點：「我知道誰是小偷。」

「是誰？」全班同學異口同聲地問。

「我們一直想知道小偷的真面目，換另一個角度去想，我們應該先看子俊的真面目。」

「**我的真面目？**」

「今天由進入校門開始，直至回到課室，你做過什麼？請你想清楚每一個細節。」

「我從校車下來後，在校門『拍卡』，經過操場，見到有人打籃球，我把書包放在地上，和同學打籃球。玩了幾分鐘，我覺得口渴想喝水，於是走出操場，從書包拿出水樽喝水。水沒有味道，於是**吃了半包零食**。同學催我回去，我就繼續打籃球。過了不久，我背起書包上樓梯。回到課室，我打開書包，取出銀包，就發現二百元不見了。」子俊盡力回憶，只想到這些，幾乎沒有任何細節。

「你的零食放在哪裏？」宇軒問。

「就放在書包前面。」書包裏的東西已經全部倒出來，子俊在髒亂的課桌上尋找，失聲驚叫：「**我的零食袋不見了！**」

「不會吧？你還要掉多少東西？」凱盈說。

零食袋是用來放一包包零食的抽繩布袋，子俊每天都會放一兩包零食進去。

宇軒繼續說：「子俊每次吃零食都會舔手指，不洗手便摸其他東西，零食袋除了有食物碎屑，還有**強烈的食物味道**。」

「我還是不明白，零食和二百元有什麼關係？」志傑追問。

「子俊還有一個壞習慣，就是把東西亂塞亂放。今天早上，我去書展買書後，經過操場時見到子俊吃零食，有同學催他，他就把零食袋**丟在書包上面**，匆匆返回操場。」

「你吃了什麼零食？」嘉雯問。

「杏仁小魚乾。」子俊答。

同學們「噢」地叫出聲，忽然間好像明白了什麼，同時又覺得有點不可思議。

「如果我沒有猜錯，我們沒有人是小偷。」宇軒說出結論。

同學們跟着宇軒前往花園的盡頭，角落放了幾塊大石，在石堆中央，竟然有大量小包裝的零食膠袋，**袋裏已經沒有食物**。當中，還有一個有妖怪圖案的粉藍色抽繩布袋。

「我的零食袋呀！」子俊趕快打開布袋，所有杏仁小魚乾都不見了，卻有兩張弄皺的一百元紙幣。他鬆了一口氣：「終於找到啦！」

「你根本沒有把錢放在銀包裏。」卓偉被子俊氣壞了。

「這裏是貓大王的秘密基地，我見過牠叼着零食膠袋，走入石堆裏面。牠想叼走放小魚乾的小膠袋，但膠袋卡在布袋裏，只好把布袋也叼走。」宇軒說。

「原來貓大王喜歡收集零食膠袋，牠的嗜好真奇怪！」凱盈笑着說。

「如果找不到，我一定會被媽媽罵，謝謝你！」子俊說。

宇軒「嗯」地點頭，他也替子俊高興。

「你站在椅子上大叫，我差點被你嚇死。你向來不和同學玩，不和我們說話，經常自己一個看書，**我還以為你很討厭我們**。」志傑說。

「怎會呢？」宇軒深感意外。

「我不喜歡看書，但媽媽叫我至少買一

本書，你有什麼推介？」卓偉問。

「下一個小息，我們一起去書展啦！」志傑搶着説。

早上的騷動圓滿落幕，同學們一起返回課室，宇軒看着他們的背影，腦海中的貓頭變回人頭。

或許，害怕和別人眼神接觸的問題，無法一下子消失，暫時還要把同學想像成貓臉，才可以好好説話。但是，宇軒相信終有一天，他可以直視大家的眼睛，**坦率地説出心裏的話**。

「喵！」

貓大王散步回來，還沒發現有人闖進牠的秘密基地。牠坐在地上左右張望，那張不可一世的臉，跟月落之國的貓大王如出一轍。

傳説在一生之中，每人只有一次機會進入月落之國，真的是這樣嗎？世上有太多不解之謎，説不定在某年某月某日，**會再次打開魔法之門**，重返這個奇幻的國度。

宇軒蹲下來，伸出拳頭，說：「貓大王，謝謝你！」

貓大王盯着宇軒，「喵」地叫了一聲，提起手輕碰他的拳頭。

☽ ★ ☽ ★ ☽ ★ ☽ ★ ☽

放學後，宇軒獨自走回家，後面有個聲音大喊：「宇軒！」

宇軒不用回頭都能認出這把聲音。他停下來，等媽媽走過來，街上有行人望向他，害他尷尬得垂下頭。這個名字，果然不能在街上隨便亂叫。

「你今天很早下班。」宇軒有點錯愕。

「老闆叫我快些『清假』，明晚去看程宇軒演唱會，我就請假剪頭髮啦！」媽媽摸着跟平時沒有兩樣的長髮說。

宇軒心想，演唱會場館坐滿觀眾，程宇軒根本看不到她，正如不動大師所說，女人真是難以捉摸。

他不經意地輕聲說：「偶像的影響力太大了，會令人做莫名其妙的事，**連兒子都要跟偶像同名**。」

「你是這麼想嗎？」

不好了！媽媽聽到宇軒的心聲，他慌張得視線不知放在哪裏。

「當初結婚時，我和爸爸決定生兩個孩子，如果兩個都是兒子，一個叫智勇，一個叫宇軒。哥哥智勇雙全，弟弟**氣宇軒昂**，是不是很厲害？哈哈！」

「我……氣宇軒昂？」宇軒意外極了。

「你出生時程宇軒還沒出道，我之所以會留意他，**是因為他跟你同名**。他多了我這個『粉絲』，應該要感激你才對。」

一陣重擊敲在宇軒的胸口，一直認為自己是多餘的存在，還為了跟偶像同名而糾結，以為打從出生就沒有被重視過，原來他才是最輕視自己的人。

哥哥太優秀，弟弟在**互相比較**的陰影下成長，壓力大得透不過氣。但是，換另一個角度看，**全世界只有一個我**，我無法成為哥哥，哥哥同樣無法成為我。

籠罩在身邊的厚雲漸漸消散，視野騰出了空間，宇軒感到**豁然開朗**，暗自決定：下次，如果爸媽再拿我和哥哥比較，我要勇敢説出內心的想法，讓他們明白這樣做會傷害我。

「碼頭有程宇軒的廣告板，下星期沒有默書測驗，我可以陪你去看看，幫你拍照。」宇軒耳朵發燙，難為情地説。

「真的嗎？太好了！弟弟真體貼！」

媽媽想當場摟着宇軒，他敏捷地避開，眼睛嘴角都在笑。

宇軒記得氣宇軒昂形容一個人神采飛揚、氣度不凡，**長大後會成為這樣的人嗎？**由現在開始，他對自己的未來充滿期待。

第⑩章 遠古魔法的密語

魔兔店的店門貼上「**黑暗可愛小食大挑戰**」的海報，門外久違地排了長長的人龍。

芝絲露對「可愛」有獨特見解，跟一般人的看法不同。不動大師決定運用另類宣傳手法，配合芝絲露**獨特的審美觀**，讓她的創作成為魔兔店的招牌美食。

「黑暗可愛小食」分不同級數，熔岩蘋果批是第一級，屬於最初級。「大挑戰」三個字成功吸引敢於冒險的市民，尤其受到年輕人歡迎，只是放入口中，需要莫大勇氣，是好玩的試膽遊戲。

顧客嚐過熔岩蘋果批的美味後，口碑漸漸傳開，回頭客也有不少，成為人氣暢銷小食。魔兔店重新登上**「全國最受歡迎便利店」**排行榜第二位，排名僅次於貓王店。

夜深了，在魔兔店最裏面的魔法廚房，芝絲露握着鍋蓋，認真地倒數：「三、二、一！」當她打開鍋蓋，看到一顆顆水滴型魔法藥丸，嘴角不禁上揚：「好可愛！」

這是芝絲露受到彩虹海藻的啟發，全新製作的第三代魔法藥丸——**夢幻水結晶**。

「啡啡黃黃，好像下雨後地盤的泥漿水。」不動大師不客氣地說。

「經過我努力鑽研，魔法藥丸的法力大大提升啊！」

「便便、病毒、泥漿水，我有點期待第四代藥丸的造型。」

桌上的玻璃瓶裏，浸泡着一枝兩朵的漸變色複瓣紫花，芝絲露翻開《月落之國植物

圖鑑》，喜孜孜地説：「我在顛倒水世界帶走的植物叫『鏡月花』，是非常罕有的品種，應該可以用來製作厲害的魔法藥。」

「鏡花水月，意思是虛幻不實在。我們現在見到的花，是真實存在嗎？抑或只是一場夢，夢醒，花也消失。」

「我把花浸在魔法藥水裏，不會枯萎啊！」芝絲露小心奕奕地把玻璃瓶放在櫃子裏，沒有深入思考話中的意思。她問：「為什麼稀有植物不是生長在深海裏，就是在懸崖峭壁上？」

「因為在最艱難的環境中，才會開出最美麗的花。」不動大師坐在搖椅上説。

説到艱難，芝絲露不期然想起火風車，頭和耳朵彷彿還在隱隱作痛。

「我不明白，為什麼貓小孩聽不到高頻音？」

「以前，我聽老師說過，有些由遠古魔法守護的古蹟，只有**心靈純潔的小孩**才可以進去，火風車可能是其中之一。」

「原來橡子精靈也是小孩。」

由決定離開向日鎮的一刻開始，芝絲露自覺一夜長大，獨處時自然會回想過去，思考以後的路要怎麼走。

好想成為法力高強的食物魔法兔，這一天要等到什麼時候呢？

芝絲露把「泥漿水」藥丸逐一放在瓶子裏。搖椅前後搖動，不動大師的耳朵跟着晃動，令她十分在意，忍不住問：「**你的耳朵為什麼會發光？**」

不動大師的心微微一顫，泛起陣陣漣漪。他按捺住波動的情緒，淡淡地說：「到了適當的時候，我自然會告訴你。」

玻璃天花板上面的月亮，隨着搖椅的節奏擺動，像似此刻搖擺不定的心情——

那時候，不動大師折返火風車，看到火風車燃燒着，卻沒有被火燒毀。他呆在當場，雙腳牢牢地釘在地上，直覺告訴他不能再踏前半步。

過了不久，有聲音從火風車響起：「不動大師，你準備帶米克和小卡離開鬼火山，他們的父親在遠方等待他們。」

「為什麼是我？他們是小飛龍，想飛去哪裏都可以。」

「**你是明明知道答案的。**」

「我不是預言家，也不是來自未來世界，怎會什麼都知道？就算我想去，也要先開店賺錢買裝備，還要時間儲旅費，恐怕沒有三五七年，不能起程呢！」

「你有魔兔便利車，只要你起程，沿途

都會有人為你提供協助。」

不動大師搔搔後腦勺，面對會讀心術的對手，他完全沒辦法辯駁。

「當年，芝士兔的祖先是不是立刻答應？」

「他的憂慮和藉口比你多。」

不動大師搖頭失笑，這個不是命令，答應或拒絕，他可以自由選擇。嚴格來說，米克和小卡兩兄弟或去或留，都和他沒有關係。然而，他深知在月落之國，兔子是被選中的動物，而他是被選中的魔法兔。

直至很久以後，火燒風車的景象成為遙遠的記憶，不動大師依然無法忘懷血液滾燙的震撼，以及心臟鼓動的聲音。

吹笛的漁夫

有一個漁夫非常喜歡吹笛，工作時也會把笛子帶在身邊。有一天，漁夫來到海邊，坐在岩石上吹笛，他希望魚兒聽到悅耳的樂曲，會高興得跳到岩石上。

漁夫吹了很多首樂曲，等了很久很久，可是一條魚也沒有跳出海面。漁夫心想：「難道今天海裏沒有魚？」他於是收起笛子，拿起漁網撒到海裏去。過了一會，漁夫把魚網拉上來，魚網裏竟然有很多魚蹦蹦跳跳。

漁夫歎了一口氣：「我吹笛給你們聽，你們不跳；我不吹笛的時候，你們卻跳個不停，我不會再為你們吹笛了！」

金斧頭和銀斧頭

在森林裏，一個貧窮的樵夫到河邊砍伐樹木，他拿着斧頭，使勁一揮，雙手一滑，斧頭掉進河裏去。

「我只有一把斧頭，現在怎麼辦？」河水很深，沒有斧頭伐木，就沒辦法賺錢養家，樵夫又擔心又難過，忍不住哭起來。

這時，河神從河裏冒出來，拿着一把金斧頭，問樵夫：「這是你的斧頭嗎？」

「這把斧頭不是我的。」

河神返回河中，拿出另一把銀斧頭，問樵夫：「這是你的斧頭嗎？」

「這把斧頭也不是我的。」

河神再三回到河中，拿出一把普通的鐵斧頭，問樵夫：「這是你的斧頭嗎？」

「沒錯，這是我的斧頭，謝謝！」

「我欣賞你的誠實，為了獎勵你，這兩把斧頭也送給你。」河神把金斧頭、銀斧頭和鐵斧頭都交給樵夫。

樵夫高高興興地抱着三把斧頭回家，告訴家人遇到河神的經過。他的鄰居得知這件事後生起貪念，帶着自己的鐵斧頭跑到河邊，故意把鐵斧頭丟入河裏，然後坐在河邊假裝哭泣。

這時，河神拿着一把金斧頭從河裏冒出來，問鄰居：「這是你的斧頭嗎？」

「是啊！這是我不小心掉了的金斧頭。」

「你這個貪心的人，滿口謊言，你以為騙得了我嗎？」憤怒的河神回到河裏，結果鄰居不但得不到金斧頭和銀斧頭，就連自己的鐵斧頭也拿不回來。

魔兔傳說 SOS ②

月光怪客的陰謀

作　　者：利倚恩
繪　　者：岑卓華
出版總監：劉志恒
主　　編：譚麗施
美術主編：陳嵦瑩
美術設計：梁穎嘉
特約編輯：莊櫻妮
出　　版：明報教育出版有限公司
香港柴灣嘉業街 18 號明報工業中心 A 座 15 樓
電話：(852) 2515 5600　　傳真：(852) 2595 1115
電郵：cs@mpep.com.hk
網址：http://www.mpep.com.hk
發　　行：香港聯合書刊物流有限公司
香港新界大埔汀麗路 36 號中華商務印刷大廈 3 樓
印　　刷：創藝印刷有限公司
香港柴灣利眾街 42 號長匯工業大廈 9 樓
初版一刷：2022 年 2 月
定　　價：港幣 68 元｜新台幣 305 元
國際書號：ISBN 978-988-8557-31-8

補購方式

網上商店

- 可選擇支票付款、銀行轉帳、PayPal 或支付寶付款
- 可選擇郵遞或順豐速遞收件

mpepmall.com

魔兔書房

電話購買

- 先以電話訂購，再以銀行轉帳或支票付款
- 訂購電話：2515 5600
- 可選擇郵遞或順豐速遞收件

讀者回饋

感謝你對明報教育出版的支持，為了讓我們能更貼近讀者的需求，誠邀你將寶貴的意見和看法與我們分享，請到右面的網頁填寫讀者回饋卡。完成後將有機會獲贈精美禮物。數量有限，送完即止。

https://www.mpep.com.hk/leeyiyan